La fille, le chien et le gobelet

CÉCILE LAINÉ

For additional resources, visit:

www.towardproficiency.com

www.youtube.com/user/cecilelaine

ISBN: 978-1-7341686-4-8

DÉDICACE

À Roch, Toussaint, Paul François et tous les jeunes gens dont on a sacrifié la vie au nom de la patrie.

TABLE DES MATIÈRES

REMERCIEMENTS

None of my books would ever come to life without the unconditional love and support I receive from my parents. Merci Clodius et Momo. Je vous aime !

My daughter Olivia was instrumental in shaping the role of Calistu in this story. Merci de t'intéresser à mon travail, ma fille !

Keith Ridgeway and his AP class, and Teresa Torgoff and her French 3, French 4, and AP classes provided invaluable feedback on every aspect of this story. La version finale de l'histoire est bien meilleure grâce à vous tous !

Y .m .nayani prasadika gannile is the talented woman behind the charcoal illustrations. Merci d'avoir donné vie à mes personnages !

Betsy Togliatti and Anny Ewing brought the manuscript from "pretty much ready" to "publication-ready". Merci à vous deux !

PRÉFACE

As a child and into my teenage years, I spent all my summers in Corsica with my maternal grandparents. Corsica is a beautiful island in the Mediterranean Sea. My grandparents had a very old house in the village of Santa-Maria Siché, in the mountains above Ajaccio. When I say old, I mean 300 years old...

One thing I remember invariably doing upon arriving at my grandparents' house was reading their book of Corsican tales and legends. I loved those legends! They were mysterious and spooky, and they enthralled me.

About a decade ago, Santa-Maria Siché erected a memorial to local men who fell during WWI and WWII. I found out then that three of my ancestors had died during *La Grande Guerre*.

This story combines my love for Corsican legends and a desire to pay my respects to these fallen men.

1. LE **RÊVE**[1]

Marie avançait lentement. Le ciel était **sombre**[2] et menaçant. Elle ne connaissait pas ce village. Ce n'était pas un village corse. Elle est arrivée devant l'église et elle est entrée. À l'intérieur, il y avait quelqu'un. Quelqu'un qui l'appelait. Elle a reconnu la voix de son grand frère. Marie a appelé : « Dumè, c'est toi ? » La voix de Dominique a continué d'appeler : « Marie, au secours ! Aide-moi ! Marie ! »

Marie s'est réveillée **en sursaut**[3]. C'était la

---

[1] dream
[2] dark
[3] with a jolt

troisième fois qu'elle faisait ce rêve. Toujours le même rêve. Ce village qu'elle ne connaissait pas. Cette église qu'elle ne connaissait pas. Et puis son grand frère. Son grand frère qui l'appelait. Comment retrouver ce village ? Comment retrouver son grand frère ?

Marie habitait à Santa-Maria Siché, un petit village de montagne en Corse du sud. Nous étions en 1916. Dumè, le grand frère de Marie, était parti pour la **guerre**[4] depuis deux ans. Deux ans. En été 1914, Dumè avait dix-sept ans. Il était parti dans le nord de la France, pour défendre « la patrie ». Tout le monde pensait que les hommes seraient rentrés pour Noël. Deux ans avaient passé.

Marie s'est souvenue : Dumè était revenu une fois **en permission**[5]. Quand il était revenu en permission, Marie et sa mère ne l'avaient pas reconnu. Dumè avait changé, il avait le regard vide, le regard d'un homme qui avait vu trop d'horreur.

---

[4] war
[5] on leave

Marie savait que son frère était sur le continent, dans le nord de la France. Mais où exactement ? Elle ne le savait pas. Est-ce que le village qu'elle voyait dans ses rêves était un village du nord de la France ? Elle ne le savait pas non plus. Elle savait seulement que son rêve était important. Comment retrouver ce village ?

Marie s'est levée. Tout était silencieux et tranquille dans la maison. Elle a avancé lentement dans le noir. Elle est allée dans la chambre de sa mère et s'est approchée du grand lit. Elle a dit : « Mama, Mama ? J'ai encore rêvé de Dumè… » Une main lui a pris le bras et l'a attirée dans le lit. Elle s'est retrouvée dans les bras de sa maman. Les bras de sa maman étaient chauds et réconfortants. Sa maman lui a dit : « chut, chut, *va tuttu bè*[6] ». Et Marie s'est endormie.

---

[6] everything is fine (Corsican)

2. LE DÉPART

Le lendemain, Marie a décidé d'aller voir la *signadora*. La *signadora* est une femme qui **enlève le mauvais œil ou la malchance**[7]. Il y a souvent des *signadori* dans les villages corses et Santa-Maria Siché, le village de Marie, n'était pas une exception. Marie était allée voir la *signadora* avec sa grand-mère quand elle était petite. La vieille femme habitait à l'extérieur du village, dans les montagnes.

Peut-être que la *signadora* pourrait aider Marie à interpréter son rêve. Elle ne se souvenait pas bien d'elle mais elle se souvenait de ses yeux. **Une lueur étrange**[8] brillait dans les yeux de la vieille femme. Marie se souvenait que la *signadora* l'avait regardée longtemps. En fait, Marie avait un peu peur de cette femme. Mais elle voulait comprendre son rêve. Elle voulait aider son grand frère. Elle pensait que son rêve pouvait aider son

---

[7] takes away the evil eye or bad luck
[8] a strange gleam

grand frère. Oui, elle voulait aller voir la
signadora après l'école. Elle a dit à sa mère :

> — Mama, je rentrerai un peu tard de l'école
> ce soir. Je vais faire mes devoirs chez
> Angèle.
> — D'accord ma chérie, tu restes dîner chez
> ton amie ?
> — Oui mama.
> — **Va bè**[9].

Après l'école, Marie n'est pas allée chez
son amie Angèle. Elle a pris le **chemin**[10] de la
montagne. Dans son **panier**[11], elle avait un
peu d'eau et de fromage. Marie marchait sur le
chemin. Il avait plu la nuit précédente et le
parfum du **myrte**[12] était encore plus odorant
que d'habitude. Marie entendait le bruit des
clochettes des moutons et le vent qui soufflait
dans les arbres. Elle aimait les bruits et les
odeurs de la montagne. C'était le début du
mois d'octobre et il faisait bon. Est-ce qu'il
faisait bon dans le nord de la France ?

---

[9] ok (Corsican)
[10] path
[11] basket
[12] myrtle – abundant berry bush in Corsica

Au bout d'une heure de marche, le soir a commencé à tomber. Marie se souvenait qu'il fallait environ une heure à pied pour arriver à la maison de la *signadora*. « Je suis presque arrivée », s'est-elle dit.

Pourtant, plus elle avançait et moins elle était sûre d'elle. Elle ne voyait aucun signe de vie, aucune lumière, aucune maison. Elle n'entendait plus le bruit des clochettes des moutons. Marie a hésité un moment. Elle a frissonné. Elle se souvenait qu'elle était venue voir la *signadora* avec sa grand-mère quand elle était petite. Elle pensait se souvenir du chemin, mais apparemment elle ne s'en souvenait pas si bien que ça. Avait-elle pris le bon chemin ?

3. UNE RENCONTRE

Marie réfléchissait. Avait-elle pris le bon chemin ? Soudain, elle a vu un petit garçon assis tout seul à côté du chemin. Il pleurait. Marie s'est approchée de lui :

— Qu'est-ce que tu fais là mon petit ?
— J'ai faim. Je veux rentrer à la maison.
— Où est ta maison ?

Le petit garçon a montré **les bois**[13]. Marie a regardé dans la direction que lui montrait le petit garçon. Elle a vu une petite lumière au

---

[13] the woods

loin dans les bois. Elle a réfléchi. Elle ne pouvait pas laisser ce petit garçon tout seul. Le soir avait commencé à tomber. Elle a décidé de le **raccompagner chez lui**[14] et ensuite de rentrer chez elle. Tant pis. Elle reviendrait voir la *signadora* le lendemain. Elle a dit au petit garçon :

— Tu veux que je t'accompagne jusque chez toi ?

Le petit garçon a fait oui de la tête et lui a pris la main. Sa petite main était toute froide. Marie a frissonné. Tous deux ont marché en direction de la petite lumière. Ils ont quitté le chemin et ont pénétré dans les bois. Ils ont marché en silence. Il faisait de plus en plus sombre dans les bois. Marie a regardé le petit garçon. Il ne pleurait plus. Il souriait.

Elle voulait lui demander s'ils allaient bientôt arriver chez lui quand soudain le petit garçon s'est mis à courir. Marie a crié : « ***Aspetta***[15] ! » Mais le petit garçon a éclaté de

---

[14] walk him back home
[15] wait (Corsican)

rire et a disparu dans les bois.

Marie a compris trop tard que le petit garçon était en fait un *fullettu,* un petit gobelin qui prend plaisir à faire de mauvaises **farces**[16] aux humains. Marie avait entendu parler des *fulletti.* Sa grand-mère lui racontait souvent des histoires et légendes corses avec ces petits gobelins. Mais elle n'en avait jamais vus. Elle était seule dans les bois. Il faisait sombre. Elle ne savait plus où était le chemin.

Marie avait peur mais elle a décidé de ne pas paniquer. Le *fullettu* lui avait fait une mauvaise farce. Elle a encore regardé autour d'elle. La petite lumière était toujours là. Alors, Marie a décidé de continuer à marcher vers la petite lumière. Elle ne savait pas si cette lumière était réelle ou non, mais elle n'avait pas vraiment d'autre choix.

---

[16] pranks

4. LA *SIGNADORA*

Marie a encore marché un bon moment dans les bois. Il faisait de plus en plus sombre et elle avançait lentement. L'humidité est arrivée ainsi que les premiers bruits de la nuit : les **grillons**[17] ont commencé à chanter. Marie aimait le chant réconfortant des grillons mais elle commençait à avoir froid, probablement à cause de l'humidité. À ce moment, elle a enfin

---

[17] crickets

vu la source de la petite lumière. C'était une petite maison de pierre au milieu des bois. Marie s'est demandé si cette maison était celle de la *signadora*.

La grand-mère de Marie disait toujours que les pierres d'une maison se souviennent des expériences de ses habitants et qu'elles **émettent des ondes**[18] : des ondes positives si les habitants sont heureux et des ondes négatives si les habitants sont malheureux. Marie regardait la maison et elle avait un peu peur. Mais elle n'avait pas vraiment le choix. La nuit était tombée. Elle ne pouvait pas rester dans les bois.

Elle a frappé à la porte. Elle a entendu du bruit à l'intérieur de la maison. Son cœur battait et elle avait un peu peur. La porte s'est ouverte lentement et une vieille femme est apparue devant elle. À la grande surprise de Marie, la femme lui a dit :

— Tu es en retard. Je t'attendais. Entre.

Marie ne savait pas quoi dire. Comment

---

[18] emit waves

cette vieille femme savait-elle qu'elle allait venir ? Elle est entrée dans une grande **pièce**[19] propre et bien chauffée. Au milieu de la pièce, le ***fucone***[20] était allumé. Il faisait bon et Marie s'est sentie bien fatiguée. La vieille femme lui a fait signe de s'asseoir à une table. Marie a demandé timidement :

— Est-ce que vous êtes la *signadora* ? Comment… ?

La vieille femme l'a regardée avec un sourire et a mis un grand bol de soupe devant elle :

— Tu as faim. Mange.

C'est vrai que Marie avait faim. Sa longue marche lui avait donné faim. Elle a regardé la soupe. Elle sentait bon. C'était une soupe traditionnelle corse avec des légumes, du ***lonzu***[21] et des **cocos roses**[22]. Cette soupe lui rappelait la soupe de sa grand-mère. Elle a

---

[19] room
[20] hearth
[21] smoked and aged pork (Corsican)
[22] red beans

regardé la vieille femme. Comment savait-elle que Marie allait arriver ? Elle a voulu encore lui poser la question mais elle avait très faim et était très fatiguée, alors elle n'a plus hésité et elle a mangé de bon appétit.

5. CALISTU

Marie avançait lentement. Le ciel était sombre et menaçant. Elle ne connaissait pas ce village. Ce n'était pas un village corse. Elle est arrivée devant l'église et elle est entrée. À l'intérieur, il y avait quelqu'un. Quelqu'un qui l'appelait. Elle a reconnu la voix de son grand frère. Marie a appelé : « Dumè, c'est toi ? » La voix de Dominique a continué d'appeler : « Marie, au secours ! Aide-moi ! Marie ! »

Marie s'est réveillée en sursaut. Elle était allongée sur une **banquette**[23]. Elle ne savait plus où elle était. Soudain, elle s'est souvenue. Les bois. Le *fullettu*. La lumière. La maison. La vieille femme. Elle a regardé autour d'elle. Personne. Le soleil entrait par une petite fenêtre. « Mama, a pensé Marie, Mama va s'inquiéter. » Elle s'est assise et a regardé autour d'elle. Le feu du *fucone* était encore allumé et il faisait bon dans la pièce.

Soudain, Marie a vu quelque chose bouger dans un coin. C'était un beau chien tout noir.

---

[23] small bench

Marie ne se souvenait pas avoir vu de chien la nuit précédente. Le chien la regardait. Il semblait attendre. Qu'attendait-il ? Marie s'est levée lentement et le chien s'est approché d'elle. Elle n'avait pas peur. Elle avait grandi avec des chiens et elle savait que si le chien lui avait voulu du mal, il lui aurait déjà sauté dessus.

— Viens, **veni quì**[24], a dit Marie au chien.

Le chien a continué à s'approcher. Marie a avancé la main lentement et elle a caressé l'animal.

— Tu es un gentil chien. Comment tu t'appelles ?
— Il s'appelle Calistu. Ce n'est pas un chien comme les autres, a dit une voix.

Marie a sursauté. La vieille femme était devant elle. Marie ne l'avait pas entendu arriver. Le chien est venu s'asseoir à côté de la vieille femme. Tous deux ont regardé Marie :

C'est moi qui t'ai envoyé ce rêve,

---

[24] come here (Corsican)

15

ghjuvanotta[25], a dit la vieille femme. Je sais ce que tu cherches et je veux t'aider.

---

[25] young lady (Corsican)

6. LA MISSION

Marie a regardé la vieille femme. Elle ne savait pas quoi dire. La vieille femme a dit encore :

— Je t'ai envoyé ce rêve parce que ton grand frère est en grave danger. Calistu va te **conduire**[26] jusqu'à lui. Mais mon aide a un prix, *ghjuvanotta*. Quand tu arriveras dans le village où se trouve ton frère, tu dois me rapporter un objet. C'est un objet très simple, mais il est important que tu me le rapportes.

Une lueur étrange brillait dans les yeux de la vieille femme. Le cœur de Marie battait. Elle a demandé :

— Quel objet ?
— Un simple **gobelet en bois**[27].
— Comment vais-je le trouver, ce gobelet ?
— De la même façon que tu m'as trouvée. Fais confiance à ton instinct. Tu as un

---

[26] lead, take
[27] wooden goblet

instinct remarquable. Et puis, Calistu
t'aidera à le trouver.

— Mais… Pourquoi voulez-vous m'aider ?

— Parce que toi seule peut me rapporter ce
gobelet.

Marie a réfléchi. Comme dans les bois la
nuit précédente, elle n'avait pas vraiment le
choix. Elle voulait retrouver son frère. Elle a
dit d'une voix qu'elle voulait ferme :

— D'accord. Vous allez m'aider à retrouver
mon frère et moi, je vais vous rapporter
ce gobelet. Mais je veux **prévenir**[28] ma
mère. Je ne veux pas qu'elle s'inquiète.

— Ce n'est pas nécessaire, a répondu la
vieille femme, ta mère n'est pas inquiète.
Pour elle, c'est encore hier après-midi et
elle pense que tu es chez ton amie
Angèle.

— Mais comment…?

La vieille femme a souri et a fait un geste
vague :

---

[28] inform

—Le temps qui passe est relatif. Pour ta mère, nous sommes encore hier après-midi. Ne t'inquiète pas, *ghjuvanotta*. Et maintenant tu dois partir sans tarder. Mets tes bras autour de Calistu et pense à ton rêve. Calistu a un talent spécial. Il va te conduire jusqu'à ton frère. N'oublie pas notre **marché**[29]. Tu dois absolument me rapporter ce gobelet.

Marie a mis les bras autour du chien. Son poil était chaud et réconfortant. Elle s'est concentrée sur le village de son rêve. Le village. L'église. La voix de son grand frère. Son cœur battait et elle et a fermé les yeux.

Quand elle a ouvert les yeux, un spectacle terrifiant l'attendait.

---

[29] deal

7. L'ÉGLISE

Marie n'en croyait pas ses yeux. Elle n'était plus en Corse. Elle était dans un village complètement détruit. Les maisons étaient détruites. Les arbres étaient brûlés. Dans la rue, il y avait des débris partout. Il y avait des cadavres aussi. Et le silence. Le silence **pesant**[30] qui régnait dans le village était insupportable. Marie tremblait de tout son corps. Son cœur battait très fort. Le ciel était sombre et menaçant. Était-elle arrivée trop tard ?

---

[30] heavy

Elle a senti **la truffe**[31] humide de Calistu contre sa main. Elle a regardé le chien, le seul autre être vivant au milieu de ce carnage et elle s'est mise à pleurer. Elle a pleuré pour ce village. Elle a pleuré pour tous ces gens morts. Elle a pleuré pour son grand frère. Elle a aussi un peu pleuré pour elle-même.

Soudain, Marie a entendu quelque chose. Une chanson. Une chanson corse que son frère chantait souvent. Était-ce son imagination ?

Veni o bella affaciati o balconu
Veni o bella a sentirmi cantà
Eu ti cantu una bella canzona
Cu a ghitara a devu accurdà

Marie a marché en direction de la voix et elle est arrivée devant l'église. L'église de son rêve. Elle l'a immédiatement reconnue. Elle était à moitié détruite mais encore **debout**[32]. La voix s'est arrêtée de chanter. Marie a appelé : « Il y a quelqu'un ? » Elle est entrée

---

[31] nose
[32] standing

prudemment et a encore appelé : « Dumè, c'est toi ? » Sa petite voix s'est perdue dans le silence.

À l'intérieur, tout était sombre. Bien que l'église ait été à moitié détruite, il y faisait quand même sombre. Marie a regardé autour d'elle. Calistu était toujours à ses côtés et sa présence la réconfortait un peu. Elle a vu quelque chose bouger dans un coin. Elle s'est approchée lentement. Soudain, elle a vu un homme qui la regardait. Marie a eu peur. Elle s'est mise à trembler de tout son corps. Son cœur battait très fort. Malgré la peur, elle s'est encore approchée et a dit : « Dumè, c'est moi, Marie. »

Une voix **rauque**[33] lui a enfin répondu : « Marie ? »

---

[33] hoarse

8. RETROUVAILLES

Dumè a regardé cette jeune fille qui s'approchait de lui. Il n'en croyait pas ses yeux. C'était sa petite Marie, mais il ne la reconnaissait presque pas. Comme elle avait changé ! Était-ce une hallucination ?

Marie a regardé l'homme qui s'approchait d'elle. C'était Dumè, mais elle ne le reconnaissait presque pas. Comme il avait changé ! Elle a voulu dire quelque chose mais avant qu'elle n'ait le temps de le faire, elle était dans les bras de son grand frère. Dumè lui caressait les cheveux et il pleurait. Elle pleurait aussi.

Finalement, Dumè lui a demandé :

— Mais comment… ? Et Mama ?
— Mama ne sait pas que je suis là, a répondu Marie. C'est compliqué… La *signadora*… La *signadora* m'a envoyé un rêve. Elle m'a aidée à venir te chercher.
— Marie, tu ne peux pas rester ici, a dit Dumè, c'est trop dangereux. **Les**

Boches[34] ont tout bombardé il y a quelques jours. Ils peuvent revenir d'un moment à l'autre.

— Toi non plus, tu ne peux pas rester ici, a répondu Marie d'un ton ferme. Je suis venue te chercher. On rentre à la maison. Tu as donné deux années de ta vie à cette guerre.

— Tu as raison, *ghjuvanotta,* j'ai donné deux années de ma vie pour la « patrie », a répondu Dumè d'un ton dégouté, mais je ne peux pas rentrer à la maison. Je suis déserteur. Les gendarmes vont m'arrêter si je rentre à la maison. Les déserteurs sont **fusillés**[35].

— Non, Dumè, on rentre à la maison. Tu te cacheras dans **le maquis**[36]. Le village te protégera. La *signadora* te protégera…

C'est alors que Marie s'est souvenue : le gobelet en bois. Elle devait trouver le gobelet en bois. Elle a regardé Calistu et c'est comme s'il avait compris. Il s'est mis à chercher au

---

[34] Germans (pejorative)
[35] shot
[36] thick bush that grows in Corsica

milieu des débris de l'église. Elle a dit à son frère :

— Est-ce que tu as vu un gobelet en bois dans l'église ?

— Quoi ?

— Un gobelet en bois. Je dois le rapporter à la *signadora*.

— Pourquoi est-ce que tu dois rapporter un gobelet en bois à la *signadora* ? Marie, quel pacte as-tu fait avec la *signadora* ? Je ne sais pas si on peut lui faire confiance…

Avant que Marie n'ait eu le temps de répondre, Calistu s'est mis à **aboyer**[37].

---

[37] bark

9. LE GOBELET

Marie a couru en direction du chien. Mais elle s'est arrêtée net. Dans la rue, un groupe de soldats marchait en direction de l'église. Marie est vite revenue auprès de Dumè et ils se sont cachés derrière **l'autel**[38] de l'église. Dumè a pris sa sœur dans ses bras. Son cœur battait très fort. Il a sorti un couteau de sa poche.

Ils ont entendu la porte de l'église s'ouvrir. Calistu continuait d'aboyer. Une voix a dit : « *Ach ! Das ist aber nur ein Hund. Halt die Klappe !*[39] » Mais Calistu continuait d'aboyer. Marie se demandait pourquoi le chien n'arrêtait pas d'aboyer. Cachée derrière l'autel, elle a regardé en direction de l'animal. Elle a vu avec horreur un soldat sortir **son pistolet**[40] et le pointer vers le chien qui continuait d'aboyer.

À ce moment, Dumè **a ramassé une**

---

[38] altar
[39] Ah! It's just a dog. Shut up! (German)
[40] his gun

pierre[41] dans les débris de l'église et l'a jetée de l'autre côté de l'église. Le soldat a crié : « *Was it das* ?[42] » et il s'est éloigné. Calistu a couru se cacher avec Marie et Dumè derrière l'autel. Marie a fermé les yeux. Quand elle les a rouverts, le gobelet en bois était là juste devant ses yeux, sous l'autel. Elle savait que c'était le gobelet que la *signadora* voulait. Si Calistu n'avait pas aboyé, elle n'aurait pas trouvé le gobelet. Elle s'est souvenue de ce que la *signadora* lui avait dit : « Fais confiance à ton instinct. Tu as un instinct remarquable. Et puis, Calistu t'aidera à le trouver. »

Une fois le groupe de soldats parti, Marie a pris le gobelet et l'a regardé avec attention. C'était un gobelet tout simple en bois. Pourquoi est-ce que la *signadora* voulait ce gobelet tout simple ? Elle l'a mis dans son panier. Puis ils sont sortis de leur cachette et le chien est venu s'asseoir à côté de Dumè. Il a mis sa truffe dans la main du jeune homme et Dumè l'a caressé. En jetant la pierre, Dumè avait sauvé la vie de Calistu ! Marie a regardé

---

[41] picked up a rock
[42] What is that? (German)

son grand frère :

— Dumè, tu n'as aucune chance
   d'échapper aux Allemands. Je suis venue
   te chercher et on rentre à la maison. Tu
   me fais confiance ? a dit Marie.

Dumè a regardé sa petite sœur,
impressionné par son courage. Calistu s'est
approché de Marie. Elle a mis ses bras autour
du chien et a fait signe à son frère de faire de
même. Dumè avait mille questions mais il a
aussi mis les bras autour du chien. Son poil
était chaud et réconfortant. Marie a fermé les
yeux. Dumè a fermé les yeux. Était-ce une
hallucination ? Ou bien est-ce qu'il allait enfin
rentrer chez lui ?

10. RETOUR EN CORSE

Quand Marie et Dumè ont ouvert les yeux, ils étaient revenus dans la maison de la *signadora*. La vieille femme les attendait :

— **Bonavinuta**[43], a-t-elle dit.
— On est à la maison, on est à la maison, a dit Marie.
— Je n'en crois pas mes yeux. On est à la maison, on est en Corse, a dit Dumè. Et il a pris sa sœur dans ses bras. Ils ont pleuré de joie tous les deux.
— Donne-moi le gobelet maintenant, a dit la vieille femme d'un ton impatient.

À travers ses larmes, Marie a sorti le gobelet de son panier et l'a donné à la *signadora*. La *signadora* a examiné le gobelet pendant un long moment avec un sourire. Une lueur étrange brillait dans ses yeux.

Soudain, la vieille femme **a attrapé**[44] Marie par les cheveux. Marie a crié de surprise et de peur. La *signadora* avait une force incroyable

---

[43] Welcome (Corsican)
[44] grabbed

pour son âge et elle a tiré Marie jusqu'au
fucone. Dumè, qui avait été tout d'abord
paralysé par la surprise, a voulu arrêter la
vieille femme. Mais celle-ci a rapidement sorti
un couteau de sa poche et l'a mis sur la gorge
de Marie :

> — Toi le grand frère, ne fais pas un geste,
> a-t-elle dit d'une voix mauvaise, ta sœur
> est à moi. J'ai besoin de son **sang**[45]. Je
> vais boire son sang dans le gobelet
> qu'elle m'a apporté et **ainsi**[46] obtenir la
> vie éternelle.

Dumè a compris que cette vieille femme
n'était pas une *signadora*, c'était une *stree*, une
sorcière qui boit le sang des enfants. Tout
s'était passé si vite ! Il ne comprenait pas le
rapport entre le gobelet et Marie, mais peu
importait. Il fallait absolument sauver sa sœur.
Il s'est mis à crier :

---

[45] blood
[46] thus

— *Aspetta* ! Arrête ! Je… Je te propose un marché : prends mon sang et laisse ma petite sœur partir.

La *stree* a éclaté d'un rire mauvais :

— Ton sang ne vaut rien. Le sang de ta sœur est pur. Tu sais pourquoi ? Parce que son cœur est pur. Son amour pour toi est plus fort que tout. Son amour pour toi est plus fort que la peur, plus fort que la guerre, plus fort que la mort. Elle était prête à tout pour te retrouver, alors je lui ai envoyé un rêve et elle est venue chercher mon aide. Et maintenant, son sang va me donner la vie éternelle.

11. LA FUITE

Marie **se débattait**[47] mais la vieille femme la tenait fermement. Dumè s'est avancé rapidement vers la sorcière. Bien qu'elle lui ait dit de ne pas faire un geste, il voulait absolument sauver sa sœur et son instinct de soldat **le poussait à agir**[48].

Mais à ce moment, Calistu a sauté sur la *stree* en grondant férocement. De surprise, la sorcière a lâché Marie qui a couru vers son frère. Dumè lui a pris la main et ils sont sortis de la maison en courant, laissant derrière eux le chien et la *stree* se battre. La sorcière criait de fureur et le chien grondait et aboyait.

— Calistu ! a crié la jeune fille.
— Ne regarde pas en arrière, cours ! lui a répondu son frère.

Ils ont couru longtemps jusqu'à ce qu'ils n'entendent plus les cris de la sorcière et du chien. Ils sont enfin sortis du bois et ont

---

[47] struggled
[48] was pushing him to act

retrouvé le chemin qui **menait**[49] au village.

—*Aspetta* Dumè ! a dit Marie.

Les deux jeunes gens se sont arrêtés un moment pour reprendre leur souffle. Ils étaient très fatigués et choqués. Ils se regardaient sans parler. Ils avaient peur.

Marie a regardé autour d'elle. Elle tremblait de tout son corps et son cœur battait très fort. Dumè regardait sa petite sœur. Il pensait à ce qui venait de se passer dans la maison de la *stree*. Sa sœur avait été si courageuse de venir le chercher dans le nord de la France. Elle **avait failli mourir**[50] pour le sauver. Et lui, il n'avait pas pu la protéger. Si Calistu n'était pas intervenu…

— Il faut partir, a dit Dumè en interrompant ses sinistres pensées.

Marie a regardé son frère. Son courage et ses forces l'abandonnaient. Soudain, ils ont entendu un bruit en provenance des bois.

---

[49] led
[50] had almost died

12. LE DERNIER ESPOIR

Marie et Dumè ont regardé en direction du bruit. Une forme s'avançait vers eux. Avant qu'ils n'aient eu le temps de réagir, Calistu est sorti du bois et a marché dans leur direction. Il était en mauvais état.

— Calistu ! Tu nous as sauvé la vie ! a crié Marie.

Elle s'est assise près du chien et l'a caressé. L'animal tremblait.

— Il faut partir, a dit Dumè d'un ton grave.

— On ne peut pas laisser Calistu, a dit
Marie. Tu nous as sauvé la vie mon bon
chien, a-t-elle dit encore en regardant
l'animal. Est-ce que tu as attaqué la *stree*
parce que Dumè t'a sauvé dans
l'église quand le soldat allemand voulait
te tuer ?

Calistu a émis un faible **gémissement**[51].
Marie s'est mise à pleurer. Son courage et ses
forces l'abandonnaient.

Dumè réfléchissait en regardant autour de
lui. Il ne voulait pas laisser l'animal **blessé**[52]
sur le chemin. Mais il ne voulait pas non plus
que la *stree* les retrouve.

— Marie, a-t-il dit, est-ce que tu crois que
tu peux utiliser Calistu pour nous
ramener tous les trois au village ? Est-ce
que tu peux essayer de te concentrer sur
notre maison ?

La jeune fille a levé les yeux vers son grand
frère. Elle tremblait. Elle ne savait pas si elle

---

[51] whine
[52] hurt

pouvait les ramener dans leur village. Elle a mis les bras autour du chien. L'animal tremblait, mais son poil était chaud et réconfortant. Dumè aussi a mis les bras autour du chien et il a fermé les yeux. Est-ce qu'ils allaient enfin rentrer chez eux ?

Marie a regardé son frère une dernière fois. Elle s'est concentrée sur Santa-Maria Siché, sur leur maison, sur leur mère qui ne savait rien de leur extraordinaire aventure. Puis, elle a fermé les yeux. Calistu ne tremblait plus. Elle non plus.

ÉPILOGUE

L'histoire de Dumè et Marie est bien sûr le produit de mon imagination. En réalité, une génération entière d'hommes a été sacrifiée, dont trois de mes ancêtres :

- Toussaint Péraldi, né en 1891, mort en 1915, « tué à l'ennemi », à l'âge de 24 ans.
- Roch Péraldi, né en 1887, mort en 1915, « à la suite de ses blessures », à l'âge de 27 ans.
- Paul François Péraldi, né en 1887, mort en 1915, « à la suite de blessures de guerre », à l'âge de 27 ans.

Merci d'avoir lu cette histoire. Si vous avez des questions ou des commentaires, contactez-moi à :

towardproficiency.com/contact-professional-development/

PARTIE À REMPLIR PAR LE CORPS.

Nom _PERALDI_

Prénoms _Paul, Toussaint_

Grade _2ᵉ Canonnier_

Corps _1er RÉGᵗ D'ARTⁱᵉ DE MONTAGNE_

Matricule { _5580_ au Corps. — Cl. _1911_
{ _152_ au Recrutement _Ajaccio_

Mort pour la France le _28 Septembre 1915_

à _Massiges_ _Marne_

Genre de mort _tué à l'ennemi_

Né le _26 Août 1891_

à _Sᵗᵉ Marie Siché_ Département _Corse_

Arrᵗ municipal (pʳ Paris et Lyon), }
à défaut rue et Nᵒ. }

Cette partie n'est pas à remplir par le Corps.

Jugement rendu le

par le Tribunal de

acte ou jugement transcrit le _14 Février 1916_

à _Sainte Marie Siché_

Nᵒ du registre d'état civil _Corse_

200-708 1922. [26434]

Certificat de décès de Toussaint Péraldi

38

LA FILLE, LE CHIEN ET LE GOBELET

PETIT GLOSSAIRE
CULTUREL ET VISUEL

CHAPITRE 1

1) La première guerre mondiale débute le 28 juillet 1914. Le conflit oppose d'un côté la France, le Royaume-Uni, la Russie et leurs colonies ; et de l'autre l'Autriche-Hongrie, l'Allemagne et leurs colonies.

Cette guerre a été une catastrophe humaine : environ 20 millions de personnes y ont perdu la vie.

On ne sait pas exactement combien de Corses sont morts, probablement 12 000.

« Tranchée de première ligne : groupe de poilus devant
l'entrée d'un abri »
Bois d'Hirtzbach, Haut-Rhin, France. Autochrome.
Photo de Paul Castelnau, 16 juin 1917.

2) Santa-Maria Siché est un petit village de Corse du Sud. En 1911, le village comptait 937 habitants. Aujourd'hui, il en compte environ 430.

Santa-Maria Siché, 2017. Photo par Cécile Lainé.

CHAPITRE 2

1) Le myrte est une espèce d'arbuste très abondante en Corse. Il sent extrêmement bon et on peut utiliser ses baies dans la cuisine ou pour fabriquer de la liqueur.

Photo par Forest & Kim Starr.

CHAPITRE 4

1) Le *fucone* était le centre de la maison corse. Autrefois, le feu y restait toujours allumé et on y préparait tous les repas.

2) Le *lonzu* est le filet du cochon corse. Sa conservation est l'une des plus anciennes pratiques de conservation du porc. Autrefois, on suspendait le filet dans la cuisine où le feu était toujours allumé, ce qui permettait de fumer le filet.

Photo par Thesupermat

3) Il n'y a pas vraiment UNE soupe corse, mais DES soupes corses. Pourtant, quand les Corses vous donnent une recette de soupe, ils disent toujours : « c'est la recette de LA soupe corse ». En général, on y trouve beaucoup de légumes et de la charcuterie.

Photo par Julien Gomez

CHAPITRE 7

1) Le nord-est de la France a particulièrement souffert pendant la Première Guerre mondiale. Le front s'étendait sur 700 km, de la mer du Nord aux Vosges, et de nombreuses offensives ont eu lieu entre 1915 et 1917.

Des villes, des villages et des usines ont été complètement détruits et la terre a été si polluée par les obus *(shells)* et les cadavres humains et animaux que l'activité humaine n'y est jamais revenue. À la place, on y a planté des « forêts de guerre ».

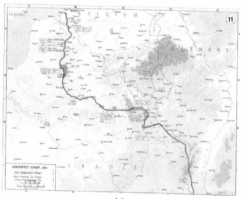

46

Carte du front 1915-1916

Moreuil, village totalement détruit pendant la Première
Guerre mondiale (1918)

Emplacement des rues de Fleury-devant-
Douaumont, village détruit pendant la Première
Guerre mondiale. Les bornes blanches *(white markers)*
marquent l'emplacement des maisons (…). Le relief
tourmenté est dû à la pluie d'obus.

2) La chanson *Veni o bella* est une vieille chanson corse. Le couplet que Marie entend dans le village se traduit ainsi :

Viens ô belle te présenter à ton balcon
Viens ô belle m'écouter chanter
Moi, je te chante une belle chanson
Que je dois accorder à ma guitare

CHAPITRE 8

1) Le maquis est un arbuste dense qui couvre 20% de la surface de la Corse. C'est un endroit idéal pour se cacher, alors il a donné son nom à l'expression « prendre le maquis » (« Piglià a machja ») et aux résistants pendant la Seconde Guerre mondiale, « les maquisards ».

Photo par self

GLOSSAIRE

A

a – has
à – at, to
abandonnaient –
abandoned
abord – on board
  d'abord – first
aboyait – barked
aboyé – barked
aboyer – to bark
absolument –
absolutely
accompagne –
accompanies
accord – agreement
  d'accord – OK
âge – age
agir – act
ai – have
aide – help
aidée – helped
aider – to help
aidera – will help
aient eu – had
aimait – loved
ainsi – so
ait – had
allaient – were going
allait – was going
allée – gone

allemand(s) –
German(s)
aller – to go
allez – go
allongée – lying down
allumé – lit
alors – so
amie – friend
amour – love
animal – aimal
années – years
ans – years
apparemment –
apparently
apparue – appeared
appelait – was calling
appelé – called
appeler – to call
appelle – calls
appelles – call
appétit – appetite
apporté – brought
approchait – was
approaching
approché(e) –
approached
approcher – to
approach
après – after

arbres – trees
arrêtait – stopped
arête – stops
arrêtée – stopped
arrêter – to stop
arêtés – stopped
arrière – back
  en arrière – back
arrivé – arrived
arriver – to arrive
arriveras – will arrive
as – have
asseoir – to sit down
assis(e) – sat
attaqué – attacked
attendais – was waiting
attendait – was waiting
attendre – to wait
attention – attention
attire – attracted
attrapé – grabbed
au(x) – at the
au bout de – at the end of

au loin – in the distance
au milieu de – in the center of
au nom de – in the name of
au secours – help
aucun(e) – no
auprès de – next to
aurait – would have
aussi – also
autel – altar
autour de – around
autre(s) – other(s)
avaient – had
avait – had
avançait – was advancing
avancé – advanced
avant – before
avec – with
aventure – adventure
avoir – to have

B

banquette – little bench
battait – beat
batter – to beat
beau – beautiful
beaucoup de – a lot of

besoin – need
  j'ai besoin de – I need
bien – well
bientôt – soon
blessé – wounded

Boches – Germans
(pejorative)
boire – to drink
bois – drink
boit – drinks
bol – bowl
bombardé –
bombarded
bon – good

bouger – to move
bout – end
  au bout de – at the
  end of
bras – arms
brillait – glowed
bruit(s) – noise(s)
brûlés – burned

C

ça – it
cachée – hidden
cacher – to hide
cacheras – will hide
caches – hidden
cachette – hideout
cadavers – corpses
caressait – stroked
caressé – stroked
carnage – carnage,
  killing
cause – cause
  à cause de – because
  of
ce – this
celle – the one
  celle-ci – this one
centre – center
ces – these
cette – this
chamber – bedroom

chance – chance
change – changed
chanson – song
chant – chant
chantait – was singing
chanter – to sing
chaud(s) – warm
chauffée – warmed
chemin – path
chercher – to look for
churches – look for
chérie – darling
cheveux – hair
chez – at the place of
chien(s) – dog(s)
choix – choice
choqués – shocked
chose – thing
chut – shh
ciel – sky
clochettes – small bells

cocos – beans
coeur – heart
coin – corner
comme – like, as, how
    **comme elle avait
    changé** – how she
    had changed
commençait – was
    starting
commencé – started
comment – how
complètement –
    completely
comprenait –
    understood
comprendre – to
    understand
compris – understood
concentrée –
    concentrated
concentrer – to
    concentrate
conduire – to lead, to
    take
confiance – trust
    fais confiance –
    trust
connaissait – knew
continent – continent
continuait – continued

continue – continued
continuer – to
    continue
contre – against
corps – body
de tout son corps –
    with her whole body
corse(s) – Corsican
côté(s) – side(s)
    à côté de – next to
    à ses côtés – at her
    side
    de l'autre côté de –
    on the other side
courage – courage
courageuse –
    courageous, brave
courant – **running**
    en courant – while
    running
courir – to run
cours – run
couru – run
couteau – knife
criait – was shouting
crié – shouted
crier – to shout
cris – shouts
crois – believe
croyait – believed

D

danger – danger
dangereux – dangerous
dans – in
de – of
débattait – was struggling
debout – standing
débris – debris
début – beginning
le début de – the beginning of
décidé – decided
defender – to defend
dégouté – disgusted
déjà – already
demandait – was asking
  se demandait – was wondering
demandé – asked
demander – to ask
départ – departure
depuis – since, for

dernier – last
dernière – last
derrière – behind
des – some, of the
déserteur(s) – deserter(s)
dessus – on top of
détruit(es) – destroyed
deux – two
devait – had to
devant – in front of
devoirs – homework
dîner – dinner
dire – to say
direction – direction
disait – was saying
disparu – disappeared
dit – said
dix – ten
dois – must, have to
donne – gives
donné – given
donner – to give
du – of the

E

eau – water
échapper – escape
éclaté – bursted
école – school
église – church
elle – she
elles – they
éloigné – walked away
émettent – emit
émis – gave off
en – in
en arrière – towards
   the back
en bois – out of wood
en direction de – in
   the direction of
en fait – in fact
en retard – late
encore – again, even
endormie – fell asleep
enfants – children
enfin – at last
enlève – takes away
ensuite – next
entendait – heard
entendent – hear
entendu – heard
entrait – was entering
entre – between
entrée – entered

environ – about
envoyé – sent
es – are
espoir – hope
essayer – to try
est – is
et – and
étaient – were
était – was
état – state, shape
   en mauvais état – in
   bad shape
été – summer, been
éternelle – eternal
êtes – are
étions – were
étrange – strange
être – to be
eu – had
eux – them
exactement – exactly
examiné – examined
exception – exception
expériences –
   experiences
extérieur – outside
   à l'extérieur de –
   outside of
extraordinaire –
   extraordinary

F

façon – way
  de la même façon –
in the same way
faible – weak
failli mourir – almost
died
faim – hunger
faire – to do
fais – do
faisait – did
  elle faisait ce rêve –
she had that dream
  il faisait bon – it was
pleasant
  il faisait sombre – it
was dark
fait – does
fallait – had to
  il fallait que – it had
to be that
farce(s) – joke(s)
fatigue(s) – tired
faut – has to
  il faut que – it has to
be that
femme – woman
fenêtre – window

ferme – firm
fermé – closed
fermement – firmly
férocement –
ferociously
feu – fire
fille – girl
finalement – finally
fois – time
  une fois – once
  la troisième fois –
the third time
  la dernière fois – the
last time
force(s) – strength(s)
forme – form, shape
fort – strong
France – France
frappé – knocked
frère – brother
frissonné – shivered
froid(e) – cold
fromage – cheese
fuite – escape
fureur – furor
fusillés – executed

G

garçon – boy
gémissement – moan
gendarmes – national armed police force
gens – people
gentil – kind
geste – gesture
gobelet – gobelet
gobelin(s) – gobelin(s)
gorge – throat
grand(e) – big

grandi – grew up
grave – grave, serious
  d'un ton grave – in a serious tone
grillons – crickets
grondait – was growling
grondant – growling
groupe – group
guerre – war

H

habitait – lived
habitants – inhabitants
habitude – habit
hallucination – hallucination
hésité – hesitated
heure – hour
heureux – happy

hier – yesterday
histories – stories
home – man
homes – men
horreur – horror
humains – humans
humide – damp
humidité – humidity

I

ici – here
il – he, it
ils – they
imagination – imagination

immédiatement – immediately
impatient – impatient
importait – was important
important – important

impressionné – impressed
incroyable – incredible
inquiète – worried
inquiéter- worry
instinct – instinct
insupportable – unbearable

intérieur – inside
  à l'intérieur de – inside
interpréter – interpret
interrompant – interrupting

J

j' – I
jamais – never
je – I
jetant – throwing
jetée – thrown
jeune(s) – young

joie – joy
jours – days
jusqu' – to, until
jusque – to, until
juste – just

L

l' – the
la – the
là – here, there
lâché – let go
laissant – leaving
laisse – let
laisser – leave
larmes – tears
le – the
légendes – legends
legumes – vegetables
lendemain – next day
lentement – slowly

les – the
leur – their
levé – raised
levee – got up
lit – bed
loin – far
  au loin – in the distance
long – long
longtemps – a long time
longue – long
lueur – small light

lui – him, her

lumière – light

M

m' – me, to me
ma – my
main – hand
maintenant – now
mais – but
maison(s) – house(s)
mal – hurt
malchance – bad luck
malgré – despite
malheureux – unhappy
mama – mommy
maman – mom
mange – eats
mangé – eaten
maquis – bush
marchait – was walking
marche – walk
marché – deal, walked
marcher – to walk
mauvais(e.s) – bad
me – me ,to me
même – same
  elle-même – herself
  quand même –
  anyway
menaçant –
  threatening

menait – led
mère – mother
mes – my
mets – puts
midi – noon
milieu – middle, center
mille – thousand
mis(e) – put
mission – mission
moi – me, to me
moins – less
mois – month(s)
moitié – half
moment – moment
mon – my
monde – world
  tout le monde –
  everyone
montagne(s) –
  mountain(s)
montrait – was
  showing
montré – showed
mort(s) – dead
mourir – to die
moutons – sheep
myrte – myrtle

N

n'... pas – not
ne ... pas – not
nécessaire – necessary
négatives – negative
net – right away

Noël – Christmas
noir – black, dark
non – no
nord – north
notre – our
nous – we
nuit – night

O

objet – object
obtenir – to obtain
octobre – October
odeurs – smells
odorant – fragrant
oeil – eye
on – we
ondes – waves

ont – have
ou – or
où – where
oublie – forgets
oui – yes
ouvert(e.s) – open
ouvrir – to open

P

pacte – pact
panier – basket
paniquer – to panick
par – by, from, through
paralysé – paralysed
parce que – because
parfum – perfume
parler – to speak
parti – left

partir – to leave
partout – everywhere
pas – not
passe – passes
passé – passed
passer – to pass
  se passer – to
  happen
patrie – homeland

pendant – during
pénétré – entered
pensait – was thinking
pense – thinks
pensé – thought
pensées – thoughts
perdue – lost
permission -
   permission
personne – no one
pesant – heavy
petit(e.s) - small
peu – little
peur – fear
peut – can
peuvent – can
peux – can
pièce – room
pied – foot
pierre(s) – stone(s)
pis – worse
   tant pis – too bad
pistolet – gun
plaisir – pleasure
pleurait – was crying
pleuré – cried
pleurer – to cry
plu – rained
plus – more, anymore
   de plus en plus –
   more and more
poche – pocket
poil – fur
pointer – to point

porte – door
poser – to put
positives – positive
pour – for
pourquoi – why
pourrait – could
pourtant – however
poussait – was pushing
pouvait – could
précédente – before
premiers – first
prend – takes
prends – take
près de – close to
présence – presence
presque – almost
prête – ready
prévenir – warn
pris – taken
prix – price
probablement –
   probably
propose – propose,
   suggest
propre – clean
protéger – to protect
protégera – will protect
provenance –
   provenance
prudemment –
   cautiously
pu – been able to
puis – next
pur – pure

Q

qu' – that
quand – when
que – that
quell – which
quelqu'un – someone
quelque chose –
  something

quelques – some, a few
question(s) –
  question(s)
qui – who
quitté – left
quoi – what

R

raccompagner – walk
  home
racontait – was telling
raison – reason
ramassé – picked up
ramener – bring back
rapidement – quickly
rappelait – reminded
rapport – connection
rapporter – bring back
rapportes – bring back
rauque – hoarse
réagir – to react
réconfortait –
  comforted
réconfortant(s) –
  comforting
reconnaissait –
  recognized
reconnu(e) –
  recognized

réelle – real
réfléchi – thought
réfléchissait – was
  thinking
regard – look
regardaient – were
  watching
regardait – was
  watching
regardant – watching
regarde – watch
regardé(e) – watched
régnait – was gripping
relatif – relative
remarquable –
  remarkable
rencontre – encounter
rentre – go back
rentrer – to go back
rentrerai – will go back
rentrés – come back

répondre – answer
répondu – answered
reprendre – retake
rester – to stay
restes – stay
retard – late
retour – return
retrouvailles – reunion
retrouve – finds again
retrouvé(e) – found
  again
retrouver – to find
  again

rêve(s) – dream(s)
rêvé – dreamed
réveillée – awake
revenir – to come back
revenu(e.s) – came
  back
reviendrait – would
  come back
rien – nothing
rire – laugh
roses – pink
rue – street

S

sa – her, his
sais – know
sait – knows
sang – blood
sans – without
sauté – jumped
sauvé – saved
sauver – to save
savait – knew
secours – help
semblait – seemed
sentait – smelled
senti(e) – felt
sept – seven
seraient – would be
ses – her, his
seul(e) – alone

seulement – only
si – if
signe – signal
silence – silence
silencieux – silent
simple – simple
sinistres – dark
soeur – sister
soif – thirst
soir – evening
soldat(s) – soldier(s)
soleil – sun
somber – dark
sommes – are
son – her, his
sont – are
sorcière – witch

sorti(s) – took out, left
sortir – to take out, to leave
soudain – suddenly
soufflait – was blowing
soufflé – breath
soupe – soup
source – source
souri – smiled
souriait – was smiling
sourire – smile
sous – under
souvenait – remembered
souvenir – to remember

souvent – often
souvenue – remembered
souviennent – remember
spécial – special
spectacle – spectacle
sud – south
suis – am
sur – on
sûre – sure
surprise – surprise
sursaut – start, jolt
sursauté – startled

T

t' – you, yourself
ta – your
table – table
talent – talent
tant pis – too bad
tard – late
tarder – to delay
te – you, to you
temps – time
tenait – was holding
terrifiant – terrifying
tes – your
tête – head
timidement – timidly

tire – pulled
toi – you
tombée – fallen
tomber – to fall
ton – your
toujours – always
tous – all
  tous deux – both of them
tout(e) – all, whole
traditionnelle – traditional
tranquille – calm
travers – through

tremblait – was
   shaking
trembler – to shake
très – very
trios – three
troisième – third
trop – too
trouve – finds

se trouve – is located
trouvé(e) – found
trouver – to find
truffe – nose (of an
   animal)
tu – you
tuer – kill

U

un(e) – a, an

utiliser – to use

V

va – goes
vague – wave
vais – go
vaut – **is worth**
venait de – has just
venir – to come
vent – wind
venu(e) – come
vers – toward
veux – want
vide – empty
vie – life
vieille – old
viens – come

village(s) – village(s)
vite – quick
vivant – living
voir – to see
voix – voice
vont – go
voulait – wanted
voulez – want
voulu – wanted
vous – you
voyait – saw
vrai – true
vraiment – really
vu(s) – seen

Y

y – there

yeux – eyes

DE LA MÊME AUTEURE

Alice

When Alice, a teenage girl who lives in the south of France, finds out she and her family are moving to Paris in a month, she is far from happy. Her friend suggests she make a list of the most important things she wants to accomplish before she leaves. Alice writes four items on her list and sets off on a quest to discover what truly matters to her.

Khadra

Khadra is trying to deal with her recent falling out with her best friend, Alice. As she reflects on Alice's betrayal, she makes an unlikely new friend and finds unexpected purpose in helping him survive a dangerous situation.

Camille

When Camille finds out her beloved dance teacher and studio owner is moving, she is worried about her future. But she soon finds out that while changes are hard, they often bring an opportunity to grow and blossom.

90639884R00049